Series created by O. Kuzovkov. Art Director : I. Trusov.

Loi n° 49-956 du 16 juillet 1949 sur les publications destinées à la jeunesse.
Dépôt légal : mars 2016. Édition 07. Rédaction : Natacha Godeau.
Achevé d'imprimer par Pollina en France en juillet 2018 - 85357.

PAPIER À BASE DE FIBRES CERTIFIÉES

hachette s'engage pour l'environnement en réduisant l'empreinte carbone de ses livres. Celle de cet exemplaire est de : 400 g éq.a CO_2
Rendez-vous sur www.hachette-durable.fr

Masha et Michka™

QUI CRAINT LE GRAND MÉCHANT LOUP ?

hachette
JEUNESSE

Ce matin, **MASHA** a décidé de rendre visite à son ami Michka. Elle sautille gaiement sur le sentier de la forêt sans même s'apercevoir que deux vilains loups la suivent sans bruit.
Oh là là ! Ils ont l'air affamés !

La voici enfin arrivée chez son ami l'ours. Ouf ! Là bas, elle sera en sécurité.

– **SALUT MICHKA !** lance-t-elle.

L'ours sursaute : il ne s'attendait pas à voir la fillette !

Michka époussetait ses précieux trophées d'artiste de cirque...
Pas question que Masha touche à ses trésors !

VITE, L'OURS LES CACHE.

Hélas, une médaille lui échappe des pattes.

Elle roule, roule sur la table et hop ! Masha s'en empare !
– C'est fou comme elle me va bien ! dit-elle en s'admirant dans le miroir. Tu en penses quoi, Michka ?
Mais l'ours s'impatiente : **GRRR !**

La coquine éclate de rire. Pas question de rendre cette médaille à Michka ! Elle file se cacher dans un grand chapeau de magicien.

HI ! HI ! HI !

Impossible de l'en faire sortir ! Heureusement, l'ours a un plan. Il ouvre grand son réfrigérateur et attrape une belle sucette. Miam ! Masha la gourmande ne résiste pas : elle échange son trésor contre la confiserie !

Dehors, les loups se lèchent les babines. Ils l'ont bien vu :
le réfrigérateur de Michka déborde de jambons et de saucissons !

QUEL RÉGAL !

Ils s'imaginent déjà en train de tout dévorer…
Soudain, une idée leur vient : s'ils enlevaient Masha, ils pourraient exiger le réfrigérateur de Michka en échange de sa libération !

Ni une ni deux les loups placent un cadeau dans le jardin de l'ours… et, à l'aide d'une corde, le ramènent doucement vers eux.

– Oh ! Un cadeau ! s'écrie la petite fille en découvrant le paquet. Attends-moi !

Non Masha, ne le suis pas, c'est un piège !

TROP TARD ! Les loups capturent la fillette ! Il ne leur reste plus qu'à déposer un mot sur la porte de Michka. Il ne retrouvera son amie qu'en leur apportant son réfrigérateur plein ! Vite, les loups filent dans leur repaire. C'est une vieille ambulance toute cabossée.

– Wouah ! s'émerveille Masha. Qu'est-ce que c'est bien ici ! On va bien s'amuser !

Et voilà ! Le docteur Masha est prête à intervenir!

– Tu as mal à la gorge ? demande la petite fille à l'un des deux coquins.

OUVRE LA BOUCHE !

Ce n'est pas très prudent, Masha, de s'approcher ainsi des grandes dents d'un loup…

OUPS ! Masha fait tomber son bâtonnet au fond du gosier de l'animal !

Le pauvre s'étouffe ! Il faut l'aider de toute urgence !

Et un, on lui soulève les pattes. Et deux, on les redescend… Sauvé !

Le loup recrache l'objet.

Mais Masha n'en a pas terminé avec lui. **ET BING !** Elle frappe sur son genou avec un marteau !

ET PIC ! Elle lui fait une piqûre ! Pauvre, pauvre loup…

Masha s'installe maintenant au volant de l'ambulance.

PIN ! PON ! PIN ! PON !

s'exclame Masha. L'ambulance arrive !

La fillette desserre le frein à main et... vroum ! le véhicule dévale la colline !

Au secours ! Les deux loups risquent de se faire écraser. Ils s'enfuient en courant. Enfin, l'ambulance s'immobilise. Ouf, sauvés !

ОРАЯ
МЕДИЦИНСКА

Pourtant, les loups ne sont pas au bout de leur peine.
Ils doivent pousser l'ambulance pour la ramener au sommet de la colline.

OH HISSE ! QUE C'EST LOURD !

Les loups sont épuisés : quelle journée !
Leur prisonnière n'est pas aussi sage qu'ils l'imaginaient.
Alors qu'ils pensaient enfin pouvoir se reposer, la voici qui surgit.
– C'est l'heure du médicament !

Le lendemain matin, les loups sont à bout de force. Ils n'ont pas fermé l'œil de la nuit. Masha les a soignés tout le temps !

– Je vais prendre ta **TEMPÉRATURE**, annonce-t-elle. Encore une petite piqûre et tu seras sur pattes.

La fillette rit aux éclats.

Dire qu'ils pensaient qu'elle aurait peur d'eux…

Les loups réfléchissent.

HI ! HI ! HI !

Oh, non ! Revoilà Masha avec des bandages…

Cette fois, les loups n'en peuvent plus ! Plus tôt ils seront débarrassés de Masha, mieux ce sera !

Le moment est donc venu de retourner voir Michka. L'ours doit être terriblement inquiet pour son amie… Le réfrigérateur plein sera bientôt à eux !

Malheureusement, une surprise les attend...
Ils découvrent Michka tranquillement installé dans son jardin une tasse de thé à la main !
Il n'a pas du tout l'air inquiet pour la fillette !
Il a même accroché un mot sur sa barrière :
« Un tonneau de miel, ou je vous laisse pour toujours avec Masha ».

Les loups tremblent jusqu'à la pointe des oreilles.

RESTER AVEC CETTE MASHA ?!

Pas question ! Plutôt renoncer au réfrigérateur !

Ni une ni deux, les loups livrent un énorme tonneau de miel à Michka. Debout sur le couvercle, Masha sourit.

– Michka, je t'apporte ton nouveau médicament ! explique la fillette.

Dès qu'elle a le dos tourné, les loups déguerpissent !

HI ! HI ! HI !

Michka rit de sa grosse voix. La terreur de la forêt, c'est Masha… qui ne sait pas encore ça ?